衛斯理系列 少年版 03
透明光

下

作者：衛斯理

文字整理：耿啟文

繪畫：余遠鍠

老少咸宜的新作

　　寫了幾十年的小説，從來沒想過讀者的年齡層，直到出版社提出可以有少年版，才猛然省起，讀者年齡不同，對文字的理解和接受能力，也有所不同，確然可以將少年作特定對象而寫作。然本人年邁力衰，且不是所長，就由出版社籌劃。經蘇惠良老總精心處理，少年版面世。讀畢，大是嘆服，豈止少年，直頭老少咸宜，舊文新生，妙不可言，樂為之序。

倪匡　2018.10.11　香港

主要登場角色

王俊　　王彦

艾泊

燕芬

衛斯理

依格

尤普多

費沙族長

羅蒙諾教授

葛地那教授

第十一章

滿是咒語的走廊

　　那阿拉伯人拿着手槍向我和王俊走

來，愈走愈近。我們**趴在地上**，

動也不敢動。

　　我身上的血液都**凝結**住了，我

必須趁他開槍前作出反撲，否

則，我和王俊都會慘死於沙漠之中**！**

　　那阿拉伯人走到我的身旁，踢了我

一腳，然後轉過身

去，大聲叫道：「**死了，老闆可以放心──**」

此時，我趁機拉住他的小腿，把他扯跌在地上。

直升機上的駕駛員反應極快，立刻拔槍指向我。

我連忙以膝蓋壓住那阿拉伯人的背，奪過他手上的槍，然後**閃身**向直升機上的駕駛員發射。

兩下槍聲幾乎在同一時間響起，我射出的子彈擊中駕駛員的右手，使他手中的槍**掉了下來**。而他射出的子彈，卻因為我剛才突然閃身，所以打不中我。

「**下來！**」我舉着槍喝令。

駕駛員高舉雙手，右手**血如泉湧**，下了直升機。這時我才看清楚，原來他是個白種人。而那阿拉伯人也站了起來，目露**凶光**地看着我。

我質問他們：「你們的老闆是羅蒙諾嗎？」

「我不明白你在說什麼。」那阿拉伯人的英語說得很流利。

「那你們就留在這裏好好想個明白吧。」我不理他們，連忙扶起王俊走向直升機。

我把王俊送上直升機後，回頭一看，發現那兩個人竟已**倒**在**地上**了。

難道他們以牙還牙，想裝死來騙我？

我拿着手槍小心翼翼地走過去看看，發現兩人雙眼**凸出**，頸上都有一道開始發黑的**血痕**，顯然已經中毒而死。而那阿拉伯人的中指上，戴着一隻染了血迹的紅寶石戒指。

那顆紅寶石令我想起了勃拉克，我亦因此恍然大悟，明白他們為何會**自盡**。因為如果他們背叛組織，把主使人供認出來，就會被勃拉克幹掉；但如果他們不肯說出來，被我遺棄在沙漠上的話，也會慢慢地渴死和餓死。反正都是死，倒不如痛快地用沾上**劇毒**的紅寶石戒指來自我了結。

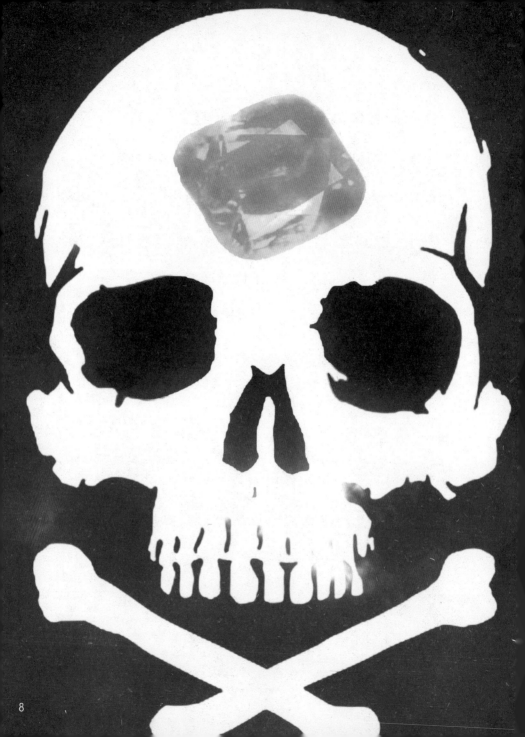

　　我嘆了一口氣，回到直升機上。機艙裏存放着幾瓶水，被我和王俊 **迅 速** 喝光。我恢復體力後，便開動引擎，駕駛直升機往工地的方向飛去。

　　大約一個小時後，我們看見了運輸工程物資的**龐大**

車隊，還有供車隊休息的臨時建築。

　　我將直升機降落，運輸隊長認得王俊，連忙安排駐

隊的醫護人員為我們檢查身體。我受過嚴格的中國武術訓

練，體質比較好，喝過水和吃點麵包便完全恢復過來了。

但王俊則比較虛弱，需要治療和休養。

　　我知道那古廟就在附近，急不及待地向運輸隊長借了

一輛小吉普車，準備前往該處。

「你要自己一個去？」王俊**緊張**地問。

「依格在羅蒙諾手上，他們很可能已經到達古廟了，我要趕快去看看，拯救依格。」

「我和你一起去。」王俊從擔架牀上起來，**幾乎**_跌倒_。

我連忙扶他回牀上，「這個時候你就別逞強了，好好休養。」

王俊嘆了一口氣，便告訴我如何前往那七間祭室：「你進入古廟後，穿過大殿，向左面那條走廊走。你用電筒照着牆壁，每當看到牆上有**紅色**的石塊便轉彎，那會將你帶到一個院落中。

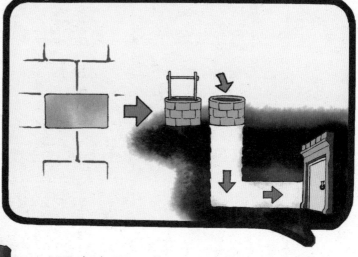

　　那裏有兩口井，一口井上有井架，一口沒有，你從沒有井架的井口 **爬下 去**。到了井底之後，再經過一條長長的走廊，就到達了。」

　　王俊説得十分詳細，我正準備出發時，他將我叫住了：「還有！那條走廊刻滿了 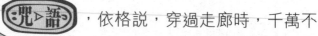，依格説，穿過走廊時，千萬不要看那些咒語，否則必有 **奇禍**！」

　　「我明白了。」

我帶着清水、電筒、手槍等工具，上了吉普車，往古廟的方向駛去。

到達古廟的時候，天已經黑了。我立即 **跳**下車，**奔**上石級，跨進古廟。廟內 **漆黑一片** ，我開啟了電筒，四面照射了一下，到處都是空蕩蕩的，除了石柱之外，什麼都沒有。

我穿出了大殿，果然看到前面有三條岔道，我依照王俊的話，向左面那條走去。

走了十多步，面前又出現了岔道，但在其中一個路口上，整齊的 **灰色** 石塊中，有一塊是 紅色 的，上面還刻有兩個奇怪的文字，但我不認得那是什麼文字。

我依照王俊所説，每遇到岔道，便跟着紅色的石塊轉彎。

我也記不起自己在那 **曲曲折折** 的通道裏拐了多少個彎，才來到一扇鐵門前面。那鐵門上的浮雕畫，跟那黃銅箱子上的一樣，是幾副人和獸的骸骨，圍着一塊 **發光** 的石。

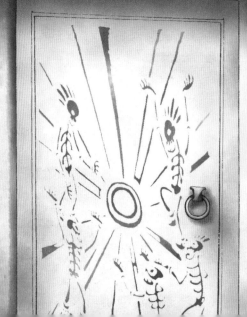
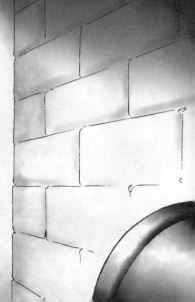

這扇門讓我知道，我並沒有找錯地方。

我推開了鐵門，眼前是一個四四方方的院落，三面都是石塊砌出的**高牆**，牆上連一個小窗戶都沒有。只有我走來的那一面，有一扇鐵門可讓人通過。

院落裏有兩口井，一口有井架，另一口則沒有。

我走到那沒有井架的井旁，用電筒向下照了一照，看見井壁上的石塊凹凸有序，可供人沿着爬下去。於是我深吸了一口氣，便順着石塊**往井底爬**。

不到三分鐘，我便到達井底了。井底十分 乾淨，有一扇半開半掩的門，我把門推開，舉起電筒向前照射，發現那是一條約有二十米長的隧道，隧道的盡頭處，是另一扇門。

我記起王俊的話，說千萬不要看隧道牆壁上的咒語，否則會 **大禍** 臨頭。

但我這人最大的特點就是好奇心強，別人愈叫我不要看，我便愈按捺不住好奇心要看看。在走過隧道的時候，我忍不住偷偷瞄了幾眼，可是我看不懂那些咒語的內容是什麼。

回想起來，王彥説得沒錯，如果當日他把那 發光 礦物的怪事告訴了我，我一定拚了命也要拿出那礦物來看看才會心息，那時世上就會多一個 透明人 了。

我來到隧道盡頭的門前，推門進去，內裏 **漆黑一片**，我知道這就是七間秘密祭室的第一間了。

我用電筒照射了一下，這是一間石室，沒有窗，只有

另一扇門，似乎是通向另一間石室的。這石室裏什麼都沒

有，只在一面石壁上刻了一幅神像。

那是一個 牛頭人身像，看起來十分**猙獰可怖**，

其線條和構圖風格，卻跟那黃銅箱子上的浮雕如出一轍。

　　我看了一會，找不到幫助透明人復原的 線索 ，便推開了通向第二間石室的門。兩間石室大小相同，同樣什麼也沒有，只有在牆上刻着一幅神像。

　　不同的是，第二間石室的神像是 蛇 首人身，而不是牛頭人身。

　　我繼續向前探索，第三、四、五、六間石室的情形都是一樣，有所不同的只是壁上的神像，它們有着相同的身子，卻有不同野獸的頭部。

　　不過，第六間石室那神像的頭，是一種我從未見過的怪物，**駭人之極**。

我的好奇心又發作了，
想看清楚那怪物究竟是什麼，
於是，我走近用電筒照射它
的頭部。

萬萬沒想到，這怪物
的雙眼竟突然向我射出奇
異的 光芒！

第十二章

血戰祭室

神像的雙眼向我射出光芒，**嚇了我一大跳**。莫非剛才我在隧道偷看了咒語，現在咒語真的靈驗了？

我連忙**向後退**去，神像眼中的光芒便消失了，難道神像只是不允許我接近它？

為了證實這個猜想，我**大**着膽子，又向神像走近，但神像的雙眼卻沒有任何反應。

我舉起電筒，向神像的頭部照去，神像的雙眼在電筒照射下，又發出了**耀目的光芒**。

但這次我看清楚了，那不是什麼咒語顯靈，而是神像的雙眼，竟然是兩顆足有雞蛋那麼大的**金剛鑽**！

鑽石上塗了厚厚的漆，但因為年代久遠，有些漆已經

剝落，所以在手電筒照上去的時候，會反射出奇異的光芒。

我伸手挖了挖，但那鑽石嵌得相當結實，挖不出來。我頓時想起其他石室裏的神像，雙眼都是一樣向外凸出的，難道它們的眼睛也是這麼**巨大**的鑽石？

　　雖然那十二顆大鑽石足以讓我富甲一方，但我卻沒有繼續去挖神像的「眼睛」，而是趕着去推開通往第七間石室的門，難怪大家都說我衛斯理是個 **怪人**。

　　來到第七間石室，這裏和前面那六間石室完全不同。它有一張石造的祭桌，上面放着七張像真度十分高的面具。那種面具是連着頭髮的，臉是 **紅棕色**，使人一看便知道那是印第安人。其中一張面具的神態更和依格有點相似。

　　祭桌前有一個 **石墩**，此刻雖然沒有任何東西，但我猜想，這石墩就是用來放置那黃銅箱子的。

這石室並沒有神像，但石牆上卻刻滿了古怪的 象形文字。那些文字我一個也看不懂，但我深信，當中的內容必定與令人變透明的奇異力量有關，如果能讀懂那些文字，便有可能幫助王彥和燕芬復原。

我立刻拿出手機，把牆上的文字清晰地拍下來，希望之後能找到專家翻譯。

就在我把所有文字都拍完的時候，外面突然傳來**跌倒**的慘叫聲，似乎是有人在爬井時不小心跌了下來。

接着，我便聽到羅蒙諾的吆喝聲：「快起來！笨手笨腳！原來這條路才是對的，剛才竟敢帶我繞圈子！」

伴隨着一輪**拳打腳踢**的聲響，我便知道羅蒙諾正脅迫着依格，要依格帶他來這七間祭室。

我立刻把電筒關掉，以免被他發現，然後摸了一下腰間，不禁大驚失色！

我的手槍呢？難道在什麼地方丟了？

我知道羅蒙諾身上一定帶着手槍，如果我貿然出去與他**硬碰**，實與送死無異。所以，我只能靜候突襲他的機會。

於是我躲在第七間
石室的門邊，靜靜地等
着。

我聽到羅蒙諾問
依格，隧道牆壁上的文
字是什麼意思，依格驚
恐地說：「我不知道！
**那是咒語，不能
看！」**

羅蒙諾對他又是一
輪毆打。

每進入一間石室，羅蒙諾都問依格牆上的神像是什麼意思，石室有什麼作用，為什麼石室沒有其他東西等等。

但依格一概不知，只換來羅蒙諾一頓頓拳腳教訓。

他們終於要進來第七間石室了，我在門邊**蓄勢以待**，準備等羅蒙諾一開門進來時，便從後突襲他！

怎料，門被推開後，羅蒙諾卻沒有踏進來，只聽到他說：「來到最後一間石室了。既然你什麼都不知道，已經沒有利用價值了。」

聽到這裏，我便心知不妙，正想撲出去救人，可是已經太遲了，一下槍聲響起，我看到依格的身體倒了進來。

我忍無可忍，咬牙切齒地一拳揮出去，想為伊格報仇，卻只打中空氣，並聽到羅蒙諾説：「衛斯理，舉起手來！」

我轉頭一看，發現羅蒙諾已躲在旁邊，用槍指着我。

「原來你早就知道我在這裏。」我不得不舉高雙手。

羅蒙諾冷笑着說：「廟外停着一輛吉普車，引擎還是**熱**的，除了你，還會是誰？」

「不愧是享負盛名的數理天才，什麼也瞞不過你。」

「廢話少說，你看到了什麼？」羅蒙諾質問。

「我看到你剛剛滅絕了一個民族。」

的而且確，索帕族的唯一後人已被他殺死了。

「我是問，你在這七間祭室裏，看到了什麼？」羅蒙諾的語氣變得更**強硬**。

「這七間祭室一目了然，你能看到什麼，我便看到什麼。」我說。

羅蒙諾冷笑了一聲，開始瀏覽這石室，細看祭桌上的面具和石牆上的文字。當然，他的槍口總是**對準** ◉ 我。

「要把牆上的文字拍下來嗎？」我提醒他。

　　羅蒙諾笑了一下，把他的手機遞給我，命令道：「**你幫我拍**。」

　　他果然謹慎，不讓我有任何**反擊**的機會。

　　我幫他拍完後，他查看了一下，滿意地説：「合作得還不錯嘛，何不加入我們？」

　　原來他遲遲不殺我，就是想招攬我。

　　我趁機拖延時間：「你們是指誰？」

　　羅蒙諾高傲地説：「**我和勃拉克**。如果再加上你，我們便能組成世上 *無敵* 的組合。」

　　「我可以得到什麼好處？」

羅蒙諾笑了起來：「現時我只代理勃拉克一個人的工作，每年已可得一千萬美元以上。由於人手不足，我們推掉了許多生意，如果你加入的話，我們的 進帳 便可以翻倍了。」

我冷笑了一聲，「你以為這個數目就能打動我嗎？」

羅蒙諾呆了一呆，「小伙子，別那麼大口氣。」

「你以為我來這裏是幹什麼的？」我問。

「不是尋找 隱身 和 復原 的方法嗎？」

我繼續冷笑着說：「那只是你們想找的東西，我卻不稀罕。」

羅蒙諾很訝異，「你到底來找什麼？再 故弄玄虛，就別怪我不客氣！」

「我可以說出來，但你要答應分我一半。」我開出了條件。

「你不怕我反悔嗎？」

我哈哈大笑，「哈哈，莫説一半，就是任何人能得到那財富的一成，都足以令他心滿意足，不願**節外生枝**。」

「好，你快説。」羅蒙諾着急了。

「你看看外面那神像的雙眼就會明白。」我説。

他立刻越過依格的屍體，衝了出去。我向前踏出一步，他立即轉過身來，用槍指着我：「**別動，舉着手！**」

他拿起電筒，向神像的雙眼照去，那兩顆大鑽石發出了**耀目的光輝**，羅蒙諾臉上的神情就像是中了邪一樣，嘴裏喃喃地説：「**我的天啊！我的天！**」

我趁他一時分神，將依格的屍體向他拋了過去，希望能撞脱他的手槍。

可惜事與願違，依格的屍體向他壓下去時，沒把他的手槍撞脱，不過他的電筒卻脱手跌在地上，還**熄滅**了。

刹那間，四周**漆黑一片**，伸手不見五指。

羅蒙諾和我都立即靜了下來，在這完全漆黑的環境，

誰先曝露了位置，誰就沒命。我手中已握住一柄小刀子，隨時準備向羅蒙諾疾飛過去！

我和羅蒙諾展開了一場耐力比賽，誰先出聲，誰就遭殃！

可是，運氣不在我這邊，因為我突然感到有東西從我的腳爬上來，很明顯那是一條蛇！

我看不見牠，認不出牠有沒有**毒**☠。但如果不盡快把牠甩開，牠必定會咬我一口。

我只好用最快的速度，一腳把蛇甩開，然後迅速*滾了開去*。羅蒙諾一聽到動靜，便向着我剛才的位置瘋狂開槍。

　　我亦馬上向着槍火的位置擲出飛刀，只聽到羅蒙諾叫了一聲，接着是手槍落地的聲音，我便知道飛刀打中了他的手。

　　可是，我就只有一把飛刀，接下來該怎麼辦？

此時，羅蒙諾突然又慘叫了一聲，接着就一點動靜也沒有。我能聽出那可怖的慘叫聲不是裝出來的，於是拿出手機，開了 **電筒** 功能，看看到底發生什麼事。

只見羅蒙諾 **趴在地上** ，一條毒蛇在他身上爬着，原來他俯身撿起手槍時，不幸被毒蛇咬到，**當場斃命**。

待那毒蛇爬走後，我在羅蒙諾身上搜出手機，趁他的屍體未涼，用他的 指紋 解了鎖。我本想直接把手機的指紋鎖解除掉，但由於他的手機設置了雙重驗證，惟有保持手機屏幕長期亮着。

誰知他的手機竟然只剩下 **18%** 的電量，於是我迅速帶着它循原路離開古廟，奔跑回到吉普車上，慌張 地尋找充電器。可是充電器沒找

到，卻發現我的手槍原來跌了在座椅下，沒有帶進古廟去。若不是我掉了手槍，事情的結局是否會改寫呢 **?**

但我沒有多餘的時間胡思亂想了，立刻踏盡油門，開車回去。萬一羅蒙諾的手機 沒電 關掉，到時他的屍體涼了也解不到鎖，因此我必須盡快回去找充電器。

第十三章

象形文字之謎

　　我一邊駕駛着吉普車 **飛　馳**，一邊看着羅蒙諾的手機電量 **節節下降**。當我終於抵達運輸車隊的大本營時，電量已經降至 **1%** 的生死邊緣了！

這時天已 亮 了，王俊一大清早下牀走動，精神不錯，他聽到吉普車的聲音，猜想是我回來了，便出來迎接。

「衛斯理，找到那七間祭室了嗎？有什麼發現？」王俊來到車門旁邊問。

但我沒餘暇回答他，匆匆拿着羅蒙諾的手機跳下車，着急地説：「**充電器！有沒有充電器？**」

王俊有點不滿，「你有沒有禮貌啊？我在問你問題，你卻只顧玩手機！」

我不理他，直接跑到那些臨時建築物去，發瘋似的尋找充電器，吵醒了不少睡夢中的運輸隊員。

眼看羅蒙諾的手機因為電量即將耗盡、快要關機的時候，我終於在一張擔架牀上發現一部手機正插着電源充電！我連忙撲前把充電線拔掉，插進羅蒙諾的手機。

手機及時顯示「█充電中█」，並沒有關機，我不禁抹了一把冷汗。

「喂！你很沒禮貌啊！我的手機正在充電，你竟把它拔掉！」王俊走進來投訴。

這時我才有餘暇解釋：「**這是羅蒙諾的手機。**」

「羅蒙諾教授？」王俊大感意外，「對了，聽工地那邊說，羅蒙諾和依格昨天中午已到達工地。你在古廟裏見到他們？」

我**哀傷**地點點頭。

王俊已察覺事情不妙，問：「依格他怎麼了？」

「在祭室裏被羅蒙諾開槍殺了。」

王俊驚嚇得**幾乎跌倒**，我及時扶着他到牀邊坐下。

「那羅蒙諾呢？」他問。

「他馬上得到了**報應**，被毒蛇咬死了。」

事情發展大大出乎王俊意料之外，他本來只是想寄 拼圖鎖 來難倒我，沒想到轉眼間卻牽涉了兩條人命。他驚呆得說不出話來。

我看到羅蒙諾手機的電量 漸漸回升 便對王俊説：「你不是想知道羅蒙諾的真正身分嗎？一切答案就在這手機裏。」

我和王俊一起瀏覽羅蒙諾的手機，發現一個試算表檔案，打開一看，我和王俊都立刻驚呆住了。

因為那是一個 **犯罪集團** 的收入紀錄，而羅蒙諾就是集團的首領，勃拉克則是集團唯一的殺手。

從報表上可見，近幾年所有轟動世界的 **命案**，包括國家元首、官員、間諜、名人、富豪、明星、宗教人士等等，幾乎有八成都是羅蒙諾與勃拉克的傑作。

我和王俊看得 **渾身發抖**，冷汗直冒。

羅蒙諾把每宗生意的金主、暗殺目標、酬金數目等等，都詳細地記錄下來。過去一年，他們的收入超過一千萬美元，羅蒙諾果然沒有騙我。

我們繼續瀏覽手機上的其他資料，當我們打開一個通訊軟件時，發現了羅蒙諾與勃拉克之間的通訊，當中以 **語音訊息** 為主。

當聽到他們之間的語音對話時，我和王俊都忍不住捧腹大笑起來，原來隱形對勃拉克造成了很大的困擾，他說：「教授，那筆錢退回去吧，**我們的生涯已經結束了！**我現在根本不能佩槍，一佩上槍，人家看見槍，卻看不見我，會引起怎樣的後果？多少年來，槍簡直是我身體的一部分，如今我的身體背叛了槍，變成了透明，把槍曝露在眾人的目光下，你教我怎麼辦？若是連槍也能隱去，那該多好啊！」

羅蒙諾回應道：「你保持冷靜，我會去一趟埃及，尋找方法幫你，請等我的消息。」

我們聽到勃拉克 **焦慮** 地說：「我現在不能穿衣服，雖然人家看不見我，但天天要赤身露體在眾人面前走來走去，你明白那種 **尷尬** 的感受嗎？我不能開車，因為別人會看不見司機；我不能坐任何座位，因為會有冒失鬼坐在我的身上；我不能用衣服把自己從頭到腳都裹住，這樣只會被人帶去精神病院檢驗。**教授，你真的要救救我啊！**」

聽到殺人王那種懊惱無助的語氣，我們都忍俊不禁。

之後，我和王俊便**分道揚鑣**，他返回工地繼續水利工程的工作，而我則回到開羅，聯絡了一位研究古代文字的專家——葛地那教授。

我約好了時間登門拜訪葛地那教授，並把我在石室裏拍到的文字給他看，冒昧請他翻譯。

葛地那教授看了一眼，便**皺**着眉問：「你是從哪裏拍到的？」

「蘇拉神廟。」我如實回答。

葛地那教授忽然動怒，向我下逐客令：「**惡作劇！快走，別來打擾我！**」

我連忙問：「你不相信我？」

「我和幾位著名學者早前應政府要求組織了 **觀察團**，已經將那廟內所有文物取出，亦幾乎將整座廟的每一個角落拍攝記錄下來，卻沒發現過你這些文字。年輕人，你的謊話未免編得太離譜了。」

「這些文字刻在井底一條通往 **神秘祭室** 的隧道內，你們當然難以發現。」我解釋説。

葛地那教授笑了一聲，説：「很不錯的電影橋段。」

我無可奈何，只好改問道：「那麼，教授你可曾聽過『索帕』這個族？」

教授幾乎不加思索便斷言：「沒有。埃及古族雖然十分複雜，但我可以肯定，到目前為止也未曾發現過有索帕族——」

他講到這裏，面色突然一變，伸手托了托眼鏡，自言自語道：「**等等！索帕族？**」

他一邊喃喃自語，一邊從書櫃裏找出一本滿是灰塵的書，封面寫着《**古埃及海外交通資料彙編**》，翻了幾頁，指着一幅圖片對我說：「你看，在這裏。」

　　我湊過去看，那圖片中是一塊碎了的石頭，石頭上刻着幾個古埃及文字，我自然看不懂，但圖片之下有說明，那幾個字的意思是「**索帕族人帶來了看不見**」。

　　這不是一句完整的話，因為這塊石頭也不是完整的。

書中還有那塊石頭來歷的註解，説是在一八四三年，有一隊阿拉伯商隊，在穿過大沙漠的時候，發現了一座孤零零的 金字塔，一個隨隊的英國人敲下了這塊石頭，把它帶到開羅。

但那個英國人到了開羅後，便因發熱病死去，人們認為他是中了金字塔內的古代 咒語 而死，因此，好一段時間都沒有人敢再提起這座金字塔。直到上世紀，考古學家掀起了金字塔 狂熱，才有人想起了這座金字塔，並依據那英國人日記中所記載的方位，組隊去尋找，卻一直沒有找到。或許，那座金字塔已被黃沙 淹沒 了。書的附錄中有那英國人的日記，上面記載了那座金字塔的方位。

「這證明 索帕族 是存在的。」我高興地説。

葛地那教授也不得不承認，「嗯。但他們是外來的，並非本地民族。」

「他們來自  。」我說。

葛地那教授對我的話大表驚訝，「你說真的？你怎麼知道？」

「**去看看便知道。**」我笑了笑，決定要尋找這座失蹤的金字塔。

第十四章

失蹤 的 金字塔

那英國人所記載的金字塔位置並不精確，覆蓋了一大片範圍。我正苦惱着該如何從那大片範圍內，尋找一座可能已埋在黃沙底下的**金字塔**。

酒店侍者看見我悶悶不樂，主動來搭訕：「先生，我叫舍特。你今天一整天沒有出門去玩，是不是有什麼 **煩惱**？這附近有一位 **占卜師** 很受歡迎，每個遊客來這裏都必定會拜訪他的。」

我一聽就知道是騙遊客金錢的玩意，嫌棄地揮揮手說：「不，我不相信占卜。」

舍特旋即又說：「我們酒店舉辦了一個 **金字塔** **探** **險** **團**，歡迎男女老幼參加，一起探索金字塔神秘之謎，驚險又刺激。」

我一聽到「酒店舉辦」和「男女老幼」都可參加，就能想像其「**驚險刺激**」的程度會有多低。向我衛斯理推薦這樣的探險團，簡直就是一種侮辱。

「我對 *幼兒級* 的刺激沒有感覺。」我諷刺道。

舍特仍然不肯走，努力地向我推銷：「先生，你還未買手信吧？我知道一個買手信的地方，價錢特別便宜。」

我終於忍無可忍，**大發雷霆** 說：

「不用再向我推銷了，我不是普通遊客，我來埃及是要解開一個神秘謎？團的！」

「是什麼神秘謎團？我認識不少老者，他們都能講許許多多關於埃及的神秘故事。」舍特真是一個鍥而不捨的推銷員。

「我要尋找一座失落的金字塔。」我嚴肅地説。

我以為舍特會繼續向我推介説書人，畢竟「失落的金字塔」是一個非常普通的題材，隨口也能編出這樣的故事，但舍特的反應卻出乎我的意料，他一聽了我的話，臉容掠過一絲訝異，竟説：「那我不打擾先生了。」話畢，便轉身退下。

「等等。」我覺得非常可疑，於是馬上把他叫住，「你是不是知道些什麼？」

「沒有啊。」舍特搖搖頭，但眼神不敢直視我，好像怕人看出他在説謊。

我心裏想，難道他發現剛才強行推銷不成功，所以來一招以退為進？

那麼他贏了，我取出一張鈔票，塞到他手裏，「你説吧！」

想不到舍特立即**漲紅**了臉，委屈地説：「為什麼每一個人都以為我要錢？其實我只是希望外國人不會覺得埃及是一個枯燥乏味的國家而已。」

我連忙道歉：「對不起。我覺得你在故意**隱瞞**一些事情，便以為你要錢才肯説。」

舍特**嘆**了**一口氣**，「我確實認識一位老者，他知道整整一座大金字塔在沙漠中消失的故事。」

「那為什麼不介紹我去聽聽這故事**?**」我追問。

舍特又嘆了一口氣，「那是因為這五年內，我已先後介紹了五個遊客去聽那**失蹤**金字塔的故事。他們聽了之後，便到沙漠去，但沒有一人回來過。據說，那老者的故事有一種**神秘**的吸引力，會令人不由自主想到沙漠去尋找那座失蹤的金字塔。所以，我也不敢再向人提起了。」

「舍特，那位老者在什麼地方？**你快告訴我！**」我着急地問。

舍特擔心地說：「先生，我求求你，聽完了之後，你千萬不要像那五個人一樣，往沙漠一去不返。**你要先答應我！**」

我拍了拍他的肩頭，「舍特，我很抱歉，我沒法答應你。因為如果我所要尋找的東西，和那老者所說的**吻合**，那麼我就一定要到沙漠去尋找那座金字塔！」

舍特慨嘆：「我真不明白，為什麼人們總要冒着生命危險去追求其他東西？生命本身才是最**寶貴**的啊！」

我笑了笑，「你說得沒錯，但請你盡快帶我去見那位老者。」

在我苦苦哀求下，舍特終於安排他的侄子薩利帶我去見那老者。

我跟着薩利穿過大街小巷，最後來到了一條散發着陣陣**發霉**氣味的小巷。

盡頭處有一個像流浪漢般的老人，

正伏在一張桌子上，數着一些玻璃瓶和

罐頭，顯然是個**拾荒者**。

薩利上前叫了那老者一聲，那老者便抬頭向我看來，想不到他居然能說英語：「先生，你想要什麼？」

「**就是他？**」我問薩利。

薩利點點頭，然後便功成身退了。

我雖然感到難以置信，但也姑且問那老者：「聽說你知道一座金字塔在沙漠上神秘 *失***蹤** 的故事？」

那老者坐直了身子，笑着說：「**我只收美元，一百塊。**」

如果他的故事屬實，一百美元絕對超值；但如果他是騙子，我付一百美元去聽他胡説八道，那我就是笨蛋了。

「我怎麼知道你的故事會否令我滿意**？**」我問。

那老者搓了搓手：「先生，你一定會滿意的，因為每一個人都滿意。而且我不認為我能打得過你。」

他説得沒錯，他的身體如此 瘦弱，如果是騙子的話，早就被人打到半癱了。

「好。」我取出一百美元的鈔票交給他。

他接過錢後，滿心歡喜地轉身走開，**「先生，你自己看吧，隨便你看多久！」**

他叫我看，卻沒有拿出任何東西。剎那間，我以為自己跌進一個 *低級* 到如此程度的騙局！

　　但我很快便發現，那老者剛才當桌子伏着的大石，上

面原來刻滿了古埃及象形文字！

那塊大石缺了一角，我立即可以斷定，缺了的一角，

就是《古埃及海外交通資料彙編》一書中那圖片裏，刻有

「**索帕族人帶來了看不見**」的那一塊。

那表示，當年那英國人不只敲下了一塊石角，而是搬

走了一大塊石頭。卻不知是什麼原因，這塊大石竟湮沒在

如此*骯髒*的地方。而斷下的一角卻被當作 **寶貝**，放

在博物館中！

我細看發現，眼前這塊大石上，有人刻了對那些古埃

及象形文字的英文翻譯。我一口氣將那些英文看完，其大

致的意思是：「**索帕族人帶來了看不見**的神，法老王下

令保密。索帕族人自稱來自極遙遠的地方，有一天，自

地底射出了無限量的 **光**，使他們全族變成了看不見的

神。但神並不快樂，他們要尋求 **凡眼**可以看到他們的

方法，終於在偉大的埃及找到了。他們愉快地在埃及住了下

來，並將 **隱現** 身體的方法陪着他們的首領下葬。」

看完這段文字，我激動得全身 **血液翻滾**。我把現時所知的線索綜合起來，對整件事有了完整的推斷：

古印加帝國 某天發現了一塊礦物，它能發出光芒把人變成 **透明**，整個民族一夜之間變成了半透明或隱形人。當中索帕族的幾個人帶着那礦物去找復原的方法，機緣巧合下來到了埃及。因為他們隱形，法老王視他們為 **神**。但他們表示不快樂，希望尋求讓大家能看見他們的方法，而終於在埃及找到了那方法。復原後，他們留在埃及生活，並將隱身和現身的方法，陪着他們的首領 **埋葬** 於金字塔中。

換句話説，只要找到那金字塔，就能找到幫王彥和燕芬現身的方法 **！**

　　回到酒店，我不理舍特的勸阻，堅持要他幫我徵求一名 *沙漠嚮導*，協助我一起尋找那失蹤的金字塔。

　　結果，有很多不符合資格的怪人來應徵，在我幾乎要放棄，準備獨自一人上路之際，一個自稱「**沙漠中的一粒沙**」的白種人來應徵了。

第十五章

沙漠中的一粒沙

　　聽到那人的外號是「沙漠中的一粒沙」時，我實在忍不住捧腹大笑起來，「**哈哈哈**，對不起，你這個外號實在太有趣了。」

　　沒想到他不但不生氣，還神態自若地陪我一起笑，「哈哈，我也覺得這外號很好笑，**是別人為我起的。**」

　　但當我聽完他接下來的自我介紹後，我便不敢再笑下去了。

　　原來他的真實名字叫艾泊，

是一名 ██**法國** 退役軍人，

曾在非洲沙漠打仗，「沙漠中

的一粒沙」便是打仗的時候，當地敵

軍為他起的外號。

　　能被敵人稱為「沙漠中的一粒沙」，

代表他十分適應沙漠環境，與沙漠

混為一體。

我立刻對他**肅然起敬**，跟他談好酬金後，他便說：「先讓我看看你已經準備好的東西。」

我將我已經買好了的物品清單給他看，怎料他一看便哈哈大笑起來。

他大笑着說：「加滿油的汽車、瓶裝水、罐頭食物、防曬油。**哈哈，你以為是學校旅行，瀏覽一下，吃些茶點就走嗎？**」

我**漲紅**了臉：「當然不是！我要去尋找一座失蹤了的金字塔！」

艾泊的臉上掠過一絲吃驚的神情，我繼續說：「這座金字塔，在十八世紀的時候，曾被一個英國人發現過，但如今可能已**湮沒**在黃沙之下了。」

艾泊喃喃地道：「已經有五個傑出的沙漠嚮導，因為這見鬼的金字塔，而**消失**在沙漠之中。」

我苦笑了一下，「對，如果你怕成為第六個的話，現在拒絕還來得及，我絕不勉強你。」

艾泊笑了笑，向我伸出了手，「我就是喜歡接受。」

我和他握手為定：「我叫衛斯理。」

艾泊在我的清單上畫了一個大交叉，然後翻到背面重新寫，第一項是「二十頭駱駝」。

「二十頭駱駝？」我驚訝地問。

他解釋道：「我們要打算在沙漠中度過二十天或以上。這期間誰告訴你該停步了，**旋風** 就在前面？誰告訴你該快些走，前面有 **綠洲** 在等着？誰告訴你大群 **毒蠍** 就伏在你附近？全是駱駝，而不是汽車。」

聽了他的話，我才如夢初醒。

他繼續邊寫邊説：「一具礦牀探測儀，讓我改裝成探測 **金字塔** 的工具。絕不漏水的皮袋十六個，每個要可以儲二十加侖清水。厚膠底靴子八對、氧氣筒連面罩八副、安全帽八頂……」

艾泊 **密密麻麻** 地寫滿了一張紙，果然非常專業，使我嘆為觀止。我們花了兩天時間準備好一切，便騎着 **駱駝** 進入沙漠。

到了第五天的**黃昏**，我們終於來到那英國人所記載的範圍附近。艾泊開動了那具經過他改裝的探測儀，開始探測金字塔的位置，但暫時未有發現。

天色 **漸暗**，我們就地紮營。吃過晚餐後，艾泊堅持自己來值夜，讓我在帳幕裏睡覺。

半夜裏，我被子彈上膛的聲音 **驚醒**。

我緊張地向外看，見到艾泊伏在一頭駱駝的背上，來福槍指着前方。

我循着他來福槍所指的方向看去，發現三個約半呎高的小沙丘，正向着我們的營帳緩緩 *移動過來*。

　　艾泊拋出了一根紅色的樹枝，插在沙中，擋住沙丘的去路。

　　此時，從那些沙丘裏竟站起了三個人來。

　　他們的皮膚又黑又粗糙，上身赤裸，下半身只圍着一塊破布，手中都拿着貌似吹箭器的東西。

　　但最令我吃驚的是，他們站了起來後，艾泊竟然將來福槍拋到地上！

　　天啊！難道「沙漠中的一粒沙」就是渺小脆弱如沙粒的意思？

　　那三個不速之客，自然是在沙漠中出沒的阿拉伯土

著。但我發現艾泊並不害怕他們，因為艾泊竟和他們交談

起來，而且動作還頗為熱情，他們根本就是同路人！

　　萬一他們四人向我下毒手，我抵擋得住嗎**?** 可是，這情況並沒有出現，因為艾泊忽然跟着那三個阿拉伯人離開了。

　　我不知道他們要到什麼地方去，也不知道他們之間有着什麼關係，我只知道一點：

　　在沙漠上跟蹤人，比登天還難，因為沙漠上什麼**掩飾**都沒有，人家只要一回頭，就可以看到你了。除非，學習那三個阿拉伯人來時的方式，將身子埋在沙下爬行。

　　我受過嚴格的中國武術訓練，控制呼吸在沙下爬行並不太難，只要像游泳那樣，間中冒出頭來**呼** **吸** 和觀察他們的 **方向** 就行。

我 **跟蹤** 他們爬了一段很長的距離，漸漸看到前方有幾座石崖，相信他們的目的地就是那裏。

我咬緊牙關繼續爬行，可是，來到距離那幾座石崖只有一公里的時候，我抬起頭來，發現阿拉伯人 **不見了**

半分鐘前，他們還在我前面十步左右，離開石崖超過一公里，他們不可能在一分鐘之內便到達石崖的。

但除了那石崖，周圍都是一片平坦的沙漠，絕無 **藏身之處**，他們能去哪裏？除非，他們也像我一樣，將身子埋到沙裏去。

　　我*伏*在沙上觀察了近十分鐘，周圍一點動靜也沒有，我不認為他們能閉氣那麼久。

　　我站了起來，拍打着身上的沙粒，突然之間，幾支黑色的小箭「刷刷刷」地向我射來，我迅即滾地避開，小箭深深陷入沙中。

我抬頭一看，石崖上*人影閃動*，一支支的箭正不斷向我射來。

在赤裸裸的沙漠上，我找不到半點遮擋，一輪狼狽閃避後，我決定把身子陷入沙中，使他們看不到目標。

箭果然停了，但*號角聲*隨即響起。我把眼睛露在沙外看過去，發現石崖上有許多把阿拉伯彎刀在*閃動*，似乎是一群土著正湧出來殺敵。

與此同時，在我面前的平靜沙面上，突然冒出一個阿拉伯人，他舉起彎刀，猛地向我劈來！

第十六章

那阿拉伯人一刀劈下來，我立刻以中國武術的身法**閃開**，同時轉到他的身後，一手抓住他持刀的手，用力按下穴位。他的手臂隨即一**麻**，鬆開了手，刀子便落入我的手中。

這時候，從沙底下冒出來的阿拉伯人愈來愈多，那裏原來是一條**地道**。

轉眼間，我已被十五人圍住，他們手中的**吹箭筒**都對準着我，我連忙將彎刀架在那阿拉伯人的頸上，他們才不敢輕易對我動手。

我們僵持着，氣氛**緊張**，彼此都在盤算着，到底是他們的箭快，還是我的刀快？如果是他們的箭快，那麼我還來不及傷害人質，就已經**中箭**倒下；但若是我的刀快，那麼我一看到他們**鼓氣**吹箭，便手起刀落，他們的同伴就一命嗚呼了。

但無論是哪個情況，我都一樣是中箭而死，分別只在於一個人死，還是拿他們的同伴陪葬。

反正都是死，我決定跟他們拚一拚，看看能否以一敵十五。

正當我想揮刀發難之際，忽然聽到艾泊大叫：「**衛斯理，別傷害人，快放下刀！**」

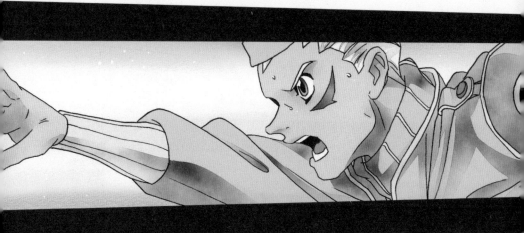

只見艾泊也從**地道**中冒出來，按住我持刀的手，並大聲以阿拉伯土語說了幾句話，那些包圍着我的阿拉伯人便垂下了他們手中的武器。

我見狀也垂下刀，放開了人質。

「**老天，你怎麼來了？**」艾泊滿臉驚詫地問我。

我冷冷地以同樣的話反問他：「**你怎麼來了？**」

81

艾泊還未回答，從 **地道** 中又走出了一個阿拉伯人。

那阿拉伯人一現身，所有人便一齊跪了下去，一看便知他是這群人的首領。

就連艾泊也彎腰向他行禮，並拉了一下我的手臂説：「衛斯理，快鞠躬，他是 **族長**。」

我冷笑了一聲：「他的人差點殺了我，我還要向他 **鞠躬**？」

族長以 **凌厲** 的眼神瞪着我説：「你也差點殺了我的人。」

「沒錯。所以你的人也不會向我鞠躬，對吧**?**」我理直氣壯地説：「如果他們願意向我鞠躬，那我就向你鞠躬好了。」

我的話激怒了族長，他的手按在刀柄上，**咬牙切齒**，好像恨不得要把我殺掉。艾泊見狀慌忙走了過來，向族長鞠躬説：「族長閣下，他是我最好的朋友，不太懂這裏的規矩！」

族長冷靜下來，**奸笑**着説：「要我的人向你鞠躬，可以，只要你能戰勝他們。」

族長振臂高叫了幾聲，跪在地上的那些阿拉伯人便一起站了起來，**殺氣騰騰**地望着我。

我立刻橫刀當胸，凝視着他們。

艾泊**緊張**地向族長説：「以眾凌寡，這太不公平了，阿拉伯人不是最講公平的嗎？」

族長本來已準備下令眾人向我進攻，但聽到艾泊這麼說，他便改變了主意：「你説得對，那麼我就讓他和尤普多單獨**決鬥**。」

艾泊一力為我爭取公平的待遇，我正想感謝他時，竟見他面上立刻**變色**，慌亂地説：「等等，族長閣下，你就當我沒説過吧，還是讓我朋友跟這十多位勇士切磋好了。」

我**詫異**地望着艾泊。

艾泊向我道歉，「衛斯理，對不起，這次我真的害死你了。他們是所有阿拉伯民族中，最善於用刀的一族，而尤普多又是他們之中最出名的刀手……」

「真的嗎？」我居然感到有點**興奮**。

但艾泊苦口婆心地説：「相信我，你會寧願跟這十幾人決鬥，也不要和尤普多單獨比試。」

「不，我也想會一會阿拉伯**第一刀手**。」

族長與他的族人聽了我的話後，都不禁放聲大笑，只有艾泊氣急地向我大罵：「**笨蛋！**你就為了不肯鞠躬而丟掉性命，那是多麼愚蠢的事啊！」

族長拍着艾泊的肩頭說：「艾泊，你錯了。你的朋友能夠親身見識尤普多的刀法，可謂**不枉此生**。」

艾泊嘆了一口氣。此時，族長已向那地道中走去，我們其他人跟在後面。

剛才艾泊和那三個阿拉伯人突然在沙漠中**消失**，相信就是鑽進了這地道。

「這條地道通向何處？」我問艾泊。

「通向一座早已被歷史遺忘了的古城。」

「那古城就在這些石崖之中？」

艾泊說：「沒錯。古城的所有建築物全是就地取材，

用那些岩石建成的，所以非常 **隱蔽**。

我曾經救過費沙族長的性命，所以他

才容許我進入古城。除了他們族人

之外，我是唯一能進這座古城，而

又能活着出來的人。」

**「放心，我會是第二

個。」** 我笑了一下。

但艾泊顯然不是這麼想，他

似乎認定我必死無疑，所以趁我

斃命 之前，盡快把事情說

清楚，讓我能安心上路。

他説：「你要找的那座金字塔，我認為跟這座古城有關。因為古城裏有一尊毀了大半的神像，叫『**看不見的神**』，跟那英國人找到的大石上所寫的內容吻合。所以我才來拜訪族長，或許他知道那金字塔的 線索 。」

我心中大喜，但也埋怨艾泊：「那你為什麼不早對我説？」

艾泊解釋道：「跟你説的話，你必定堅持要來看看。但族長 **絕不容許** 外人進來的，除了我。」

「我現在不是也進來了嗎？」我一臉得色。

艾泊對我當頭棒喝：「**這將會是你人生最後悔的一件事情。**」

這時候，我們來到一扇 **巨大** 的石門前。他們把門推開，我們穿過那扇門，走上了幾十級石階，到達了一個石廣場之上。

我站在廣場上，四面看去，不禁驚歎。在山崖之中，居然會有這樣的一座小古城，實在 **不可思議**！

費沙族長向圍攏過來向他行禮的人揚手大叫。

艾泊為我翻譯，族長那些土話的意思是：「這個外來人，將和我們 **榮耀的尤普多** 一較高下 **！**」

族長的話迅速地傳了開去，不到五分鐘，古城中所有人都知道了這個消息。

我的心情 **興奮** 到極點。並不是因為我自信能戰勝尤普多，而是因為阿拉伯人善於用刀是世界聞名的，我有幸能跟他們 **最強** 的刀手決鬥，這種機會真是可遇不可求啊。

　　大概過了十分鐘，一名身材**高大**、手臂特別長的阿拉伯人來到廣場上。族長立刻露出了笑容，張開雙臂迎了上去，他們互相拍擊着對方的肩頭。

　　「那個是**尤普多**了。」

艾泊告訴我。

　　尤普多的神情十分自傲，腰際懸着一柄彎刀，刀鞘上鑲着寶石。他有着鷹一樣的眼睛和鼻子，**氣勢懾人**！

尤普多聽了費沙族長的交代後，走到我的面前，以十分生硬的法語問：「**你要和我比刀，是不是？**」

我點頭道：「不錯。」

他二話不說，手臂一揚，刀光 **一閃**，我只覺耳朵上方的頭側涼了一涼。他的族人紛紛對他歡呼，向我大笑。

我摸摸自己頭側的頭髮，原來已被尤普多的快刀削去了一小片。他出刀之快，猶如**閃電**一樣！

「我不認為你還要和我比刀。」尤普多的話一說完，便轉身向費沙族長走去。

「**尤普多，請等等**。」我叫道。

尤普多站定了身子，轉過身來，我手中的阿拉伯彎刀一揮，使出一式**中國五台刀法**，刀尖在尤普多胸前劃了一圈，他還未看清發生了什麼事，我已經收刀後退了。

這一次，雖然眼前的畫面是多麼的滑稽，但廣場上的所有人都不敢笑出聲來，因為尤普多胸前的衣服被我削出了一個洞，那是一個 **心** **形** **的** 洞！

大家都屏息等待着尤普多的反應。

第十七章 生死決鬥

「哈哈……」沒想到尤普多哈哈大笑起來：「**有意思，不錯，不錯。**」

費沙族長以不敢置信的神色望着我，又和尤普多講了幾句話。

艾泊在我耳邊説：「族長問尤普多可有 **必勝** 的把握，尤普多説沒有。」

「那他們會使詐嗎？」我問。

「你只管放心，他們高傲，但絕不卑劣。」

此時，古城中響起了一陣 **號角聲**，人們紛紛圍在廣場邊緣，等着觀看我和尤普多的 **生死決戰**。

　　我和尤普多站在廣場的中央，所有人都顯得無比嚴肅。號角聲 *戛然而止*，費沙族長緩緩地向我們兩人走來，先對我説：「你有權選擇一柄好刀。」

　　我望了一眼手中的彎刀，説：「謝謝你，我覺得這柄就很不錯。」

　　「那麼，**請平舉你們的武器。**」

　　我平舉起我的彎刀，尤普多站在我的對面，也將他的彎刀平平舉起，彼此刀尖相碰，兩柄彎刀的刀尖湊在一起，構成一個「**S**」形狀。

　　費沙族長向後退了出去，十分 **莊嚴** 地説：「天色快要亮了，太陽將會升起，當 第一絲 **陽光** 射入古城，你們便開始比試。」

這對我有點不利，因為尤普多在這座古城生活多年，自然熟知太陽在什麼時候會照射進來，反應必定比我 **快**。

不過，他也有不利的地方，那就是他衣服胸前的洞。我望着那心形的洞，掀起嘴角笑了起來。

他低頭看看自己衣服上的洞，不禁 **勃然大怒**。剛才

他只在意我的刀法，卻沒留心自己衣服上的洞是多麼可笑。堂堂阿拉伯第一快刀手，如今胸前竟有一個**心形**的洞，站在廣場中央讓所有族人看到！

尤普多顯得既憤怒又不安，這正是我想達到的目的，憤怒最容易令人做出**錯誤決定**。

天色漸亮，太陽已經升起，只是——**晨光**——還未照射進這座古城。

尤普多忍不住想把衣服脫掉，卻又突然改變主意，匆匆擺好架式準備作戰。那時我便知道，第一絲陽光馬上要射進來了。果然，尤普多的彎刀迎着第一道射入古城的陽光，如一道**閃電**般，向我劈過來！

幸好我早作準備，刀光一閃之際，我已向後退開，但我的衣袖依然被他**割破**了。

尤普多得勢不饒人，**連連進攻**，刀法快如閃電，這是拚盡力氣才能做到的，他顯然是憤怒過度，向我發洩。

我小心翼翼地防守，並不急於反攻。尤普多自然希望盡快結束比試，不用再穿着那衣服在廣場上示眾，所以時間愈長，他的情緒便會愈**暴躁**，那對我就愈有利了。

我**跳**、**閃動**、**打滾**、**躍身**，竭盡所能地躲避他的攻勢。但五分鐘後，我身上已有多道血痕，衣服也破碎得跟他一樣可笑了。

　　尤普多見久攻不下，想趁着 **空 隙** 脱掉衣服，但我立刻反攻，不讓他有脱衣的機會。

　　我們的彎刀相擊，發出驚心動魄的 **鏗鏘聲**，觀眾們屏息凝神，非常緊張。我開始聽到尤普多的喘息聲，他剛才耗掉太多體力了，漸漸失去優勢，在急於取勝的情形下，他開始犯錯。

　　我向尤普多一刀橫揮，他蹲下來避開，我的刀在他的頭頂「**刷**」地掠過。

　　尤普多急於求勝，立刻反攻，舉刀向我胸口疾刺過來！

　　就在他的刀 **由下而上**，向我刺來之際，我奮力躍起，從他的頭上躍過，到了他的背後。

　　尤普多這一刀拚盡了全身所有力量，可是我已躍起避開，他的刀刺空了，一時收不住去勢，整個人 **向前 衝**。

此時我已躍到了他的背後，轉身用刀柄撞在他的背上。

尤普多發出了一下如野獸嚎叫般的聲音，身體又向前**跌出**了一步。

但他不愧是 **第一流的刀手**，竟能迅速轉身，反手向我揮出一刀！

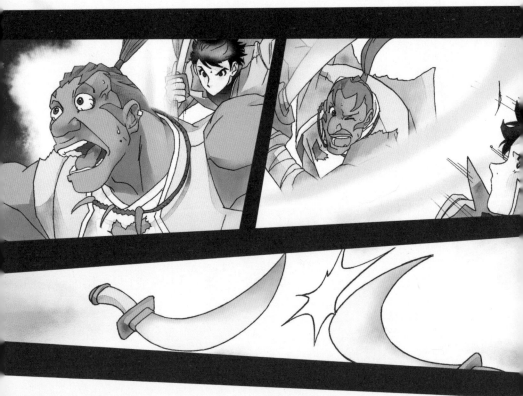

不過我也早作了準備，向他劈出一刀，刀背擊在他的手背上，令他五指一鬆，刀便離手了。我連忙旋動手腕，使兩刀相碰，發出「鏘」的一聲，然後我刻意鬆開手，讓我和他的刀一齊跌落地上。

由於動作極快，在旁人看來，就是我們兩人的彎刀相碰，然後大家的刀一齊震震跌在地上。

但尤普多當然知道事實的真相，他呆呆地站着，面色難看到極點。

我連忙叫道：「艾泊，你看，**我竟可以和這位阿拉伯一流刀手打成平手！**」

尤普多很詫異地望着我。我對他一笑：「這是一個公平的結果，我們難分高下！」

我特意説「公平」這兩個字，他馬上明白我的意思。因為我和他純以刀法技藝比拼的話，確實旗鼓相當，誰都沒有必勝的把握。若非我用了心理戰，他也不會輕易出

錯，讓我有機可乘。如果說是我贏了，也是勝之不武。所以，如今我們平分秋色，就是最好的結果。

他向我衝了過來，以他長而有力的手臂抱住了我，我也抱住了他，互相拍擊着對方的背。

四周的觀眾頓時**歡呼雷動**，簡直驚天動地。

費沙族長緩緩走過來，竟是向我行禮**！** 我的反應極快，幾乎同一時間也向他鞠躬。

我和費沙族長都笑了，大家有一種**惜英雄重英雄**的感覺。

艾泊也走了過來，拍了一下我的肩頭，從他的神情可以看出，他依然難以相信我能在尤普多的刀下活命過來。

費沙一手拉着我，一手拉着艾泊，說：「艾泊，你提到的那座金字塔，我可以帶你們去。」

我難以置信地問：「族長閣下，你真的知道那**失蹤**的金字塔在哪裏？它不是被**埋在沙下面**嗎？」

第十八章

金字塔內部探險

費沙對我說：「那金字塔當然是埋了在沙下面，否則早已被人發現了。但是，這座古城有一條 **秘道**，能通往那座金字塔的內部。」

「真的？」我大喜過望。

費沙點頭道：「我曾走過那條秘道，但只走了一半，來到第一道門前的時候，突然感到 **不適**，我怕是金字塔裏的 **咒語** 作怪，於是不敢再前進，半途而返。」

「我看那並非咒語，可能是長年 **陰暗** 密閉的空間裏，藏着細菌或毒氣所致。」我解釋道。

艾泊認同：「只要準備充足，就不必害怕。**我馬上去準備工具！**」

費沙族長安排了幾個族人協助艾泊去準備工具。

我在費沙族長的家裏等待艾泊，閒聊之間，他問：「你要去那座金字塔幹什麼？」

為免**節外生枝**，我沒有完全告訴他，只說：「我有兩個朋友受到**詛咒**，身體出了非常大的問題，而我知道解除詛咒的方法就在那金字塔裏。」

　　費沙立刻肅然起敬，「願意為朋友**出生入死**，我愈來愈欣賞你了。」

　　「過獎了。主要還是我好奇心比較強，喜歡探險。」我說。

　　沒多久，艾泊便準備好所需的工具回來，有電筒、帶有鈎子的繩索、氧氣筒、安全帽、一套鑿子等等。

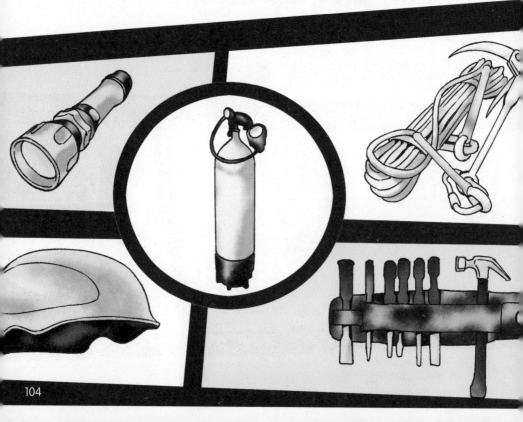

　　我和艾泊各背着一個氧氣筒，戴上安全帽，把小電筒夾在安全帽前方，帶齊其他一切工具，便立即跟着費沙出發。

　　費沙帶我們來到一個天井，那裏有兩口井，一口有着井架，另一口則沒有。

　　我一看到這情景，便 **興奮** 地說：「不要問我為什麼知道，我可以肯定，地道的入口處是在左邊那口井的 **井底**。」

　　費沙很詫異，「你是怎麼知道的？」

　　建造這座古城的工程師，和建造那座大廟的工程師，顯然是 **同** 一個人，連地道入口的設計也一模一樣。但

我沒餘暇解釋，只説：「族長閣下，非常感謝你

的幫忙，你可以回去休息了，我們不知道要探

索多久的。」

「**好，祝你們順利。**」費沙説。

我和艾泊把安全帽上的電筒打開，然後爬

下井去。

到了井底，便看到了一條十分長的通道。

我們在通道中走了足足四十分鐘，才來到一

扇**金色**的門前。

我立刻想起費沙的話，他説他來到第

一道門前便感到不適，我連忙提醒艾泊：

「　　　　**氧氣面罩了！**」

我們所準備的氧氣面罩，連眼睛部分也有遮掩，以防金字塔裏的**細菌**或**毒氣**損及眼睛。

那道金色的門頗重，我和艾泊合力一推，發現那竟是一道**旋轉門**，轉了半圈把我們送進去後，門又剛好緊緊地關上了。

門內仍是一條通道，但我們知道，這裏已是金字塔的內部了。我們走了兩分鐘左右，來到通道的盡頭，又是另一扇**金色**的門。

在那扇門上，鑄着一個牛首人身的神像，形態凶猛，兩隻凸出的眼睛，就像瞪着我們一樣！

我和艾泊合力推門，一如所料，這道也是旋轉門，它轉了半圈，把我們送了進去。但這次不同的是，我們被送進去後，腳下踏空，即時滾跌了下去！

原來門後是一個 **向下的斜坡**，幸好不是很陡，也不算很高，約三米高，四十五度角左右。

我和艾泊沒有怎麼受傷，可是，安全帽上的電筒卻鬆脫掉到遠處。

我 **看不清** 身邊的環境，想當然地掏出打火機來照明，可是我怎麼打也打不着火。艾泊聽到打火機的聲音，慌張地伸手過來，把我手上的打火機緊緊地 **掩蓋** 住。

這時我才醒覺，金字塔裏除了細菌和毒氣，也有可能存在易燃氣體，點火隨時會引起 **大火**，甚至 **爆炸**。幸好剛才點不着火，證明這裏沒有易燃氣體，亦沒有氧氣，我甚至懷疑，這裏幾乎連空氣也沒有。

我實在是太大意了，沒造成意外，實屬 **幸運**。我連忙收起打火機，把遠處地上的小電筒撿起，夾回到安全帽上。

　　我們用頭上的電筒四面 **掃射** ，發現身處

於一間石室之中，石室裏除了一具石棺之外，別

無他物。而在石室的另一端則有一扇石

門，不知道通往什麼地方。

　　艾泊望向我，手在石棺上

敲着 摩 斯 密 碼 ：

「怎麼樣？」

在我們都戴着氧氣面罩的情形下，這不失為一個有效的溝通方法。

我也敲着摩斯密碼回答他：「將石棺敲開來，我們要尋找的 **秘密** 可能就在石棺中。」

我們拿出鑿子和錘子等工具，費了不少工夫，終於將棺蓋鑿鬆移開。我們往棺裏定睛一看，不禁苦笑起來，因為石棺裏面還有一具 **銅棺** ！

我俯身檢查那具銅棺，發現它只是用幾個銅栓鎖住，只要拔出銅栓，棺蓋便可以打開。

我們立刻將銅栓拔去，把沉重的銅棺棺蓋搬開，發現銅棺裏放着一具 木乃伊 。

這木乃伊並無特別之處，棺內亦沒有別的東西。我攤了攤手，向那扇石門指去，示意繼續往前探索。

我和艾泊走到那扇石門前面，那
扇門顯然跟之前的金色門不同，不
是 **旋轉**門，而是簡單地堵住門
口的一塊 **大石**。

我們合力把石門移開，走了進
去，那也是一間石室。石室之中，
有着一張用鐵鑄成的桌子，上面
好像放着什麼東西。

但我想起在古廟祭室裏的經驗，便先檢查一下四面牆壁有否 **刻** 着文字，而艾泊則負責看看那桌子上的東西是什麼。

我仔細地觀察着牆壁，沒發現任何文字。但忽然聽到背後傳來「＼ト ト／」的聲音，似是艾泊在搖晃着一個箱子，裏面的東西 **滾動撞擊** 所發出來的。

我初時並不在意，繼續檢查牆壁，可是，當我聽到艾泊用工具鑿開箱子的聲音時，我忽然有一種 **不祥** 的預感。

我還來不及阻止，背後已突然迸發出奇異的光芒。

回頭一看，那桌子上放着的是一個黃銅箱子，跟依格那個十分相似，所不同的是這箱子已被艾泊鑿開了，裏面放着一塊約有四個拳頭大小的礦物。那東西正發出**紅**、

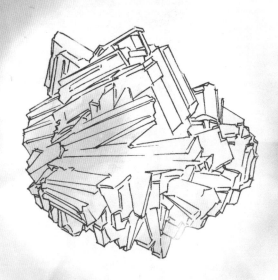

橙、**黃**、**綠**、**青**、**藍**、**紫**七色的光芒，籠罩着石室裏的一切，包括我和艾泊。

毋庸置疑，這就是使人變成透明的光芒，我和艾泊將要成為**透明人**了**！**

第十九章

變成隱形人

　　艾泊還未知道這礦物的可怕之處，竟目不轉睛地觀賞着那奇異的 ✦ **七彩光芒** ✦。

　　他敲着摩斯密碼問我：「這是什麼？就是你要找的東西嗎？」

　　我同樣敲着摩斯密碼回答他：「**是透明光！能使人變透明的光！**」

　　這時，我才想起要立刻將箱子蓋上，於是立刻撲前，慌忙蓋上箱蓋。

　　艾泊十分驚訝，馬上看看自己的手腳，又看看我的身體，一臉 **疑惑**。

我自然明白他在疑惑什麼，因為我說那是透明光，但我們被那些光芒照射後，卻沒有變透明，雙手的肌肉猶在。

難道是照射的時間尚短，所以變化還未發生？

我正想以此作解釋時，卻忽然記起王彥和燕芬都提及過，令他們變透明的光芒是白色的，但我們剛才看到的，卻是七彩的光。

根據記載，這金字塔藏着隱身和現身的方法，既然那七彩的光芒不是令人隱身的透明光，那麼，它一定是使人現身的「反透明光」了！

我敲打着摩斯密碼告訴艾泊，這就是我要找的東西，我們大功告成了。

我們帶着那黃銅箱子離開金字塔，爬出井口後，去費沙族長的家裏再一次感謝他，並向他道別。

「你找到要找的東西了？」費沙問。

「找到了，謝謝你。」我興奮地説。

「祝你朋友能早日解除詛咒。」費沙 **祝福** 道。

　　我和艾泊離開古城，步行回到營地，途中他對那礦物的事充滿 **疑問**。

　　經歷過與尤普多決鬥和金字塔探險，我和他也算是 **出生入死** 的伙伴了，我便把透明光的事情告訴了他。

「不可能的！世上哪會有這種事！」

艾泊表現得很驚訝，似乎不太相信。

回到帳幕後，我把那黃銅箱子放進旅行袋，然後開始收拾行裝，準備明天天亮便起程回去開羅，艾泊也協助我一起收拾。

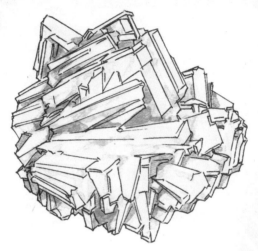

我們一時忘記了那黃銅箱子的鉸鏈已被**鑿斷**，蓋子關不緊。當艾泊提起那旅行袋時，袋裏的黃銅箱子便**翻側**打開，內裏的礦物發出光芒，從旅行袋的袋口迸射而出，瞬間籠罩整個帳幕。

而最令我們驚惶的是，**眼前這光芒是白色的**！

「怎麼會是白色？」艾泊驚訝地問。

我着急地大叫：「**白色是透明光！**」

我正想盡快把旅行袋裏的箱子蓋好，卻發現已經太遲了，艾泊驚叫道：「**天啊！我的手！**」

我連忙也低頭看看自己的手，發現手上的肌肉正**急速消失**，變得只有骨骼。

這時候，我聽到了哭泣聲，轉頭一看，只見艾泊雙手掩面——啊不，正確來説，是兩副手骨掩住了一個**骷髏頭**！

我不由自主地摸摸自己的臉，雖然臉上的肌肉還在，但我知道，它們一定在變透明了。

當我把黃銅箱子蓋好的時候，我和艾泊都已經變成了穿着衣服的 **骷髏精！**

艾泊受驚過度，跌坐在地上，喃喃地説：「為什麼會這樣？為什麼會這樣？」

我比他冷靜一點，畢竟在我之前已有王彥、燕芬和勃拉克先後變成半透明人和隱形人，對此我早已有心理準備。

只是我不明白，為何那礦物在金字塔內時，發出的是 ✦**七彩**✦ 的反透明光；而在這帳幕內，卻發出 **白色** 的透明光？

我盡量保持冷靜，細心分析。既然這塊礦物也能發出白色的透明光，我認為它和之前令王彥變透明的那塊是**相同的物質**。

至於它們為什麼一顆藏於金字塔，一顆藏在大廟中，我估計是因為有索帕族人捨不得放棄那透明光的奇異力量，所以偷偷從金字塔鑿去礦物的一部分，另行收藏，以備不時之需。如果依格能用到**透明光**的力量，使自己變成**隱形人**，那麼他或許就不用死，索帕族也不會被滅族。

但當務之急，是要想想金字塔內的環境到底有什麼特別之處，能令這種物質發出 ✦**七彩**✦ 的反透明光。

我忽然想起我在金字塔裏點不着打火機，證明那裏**沒有氧氣**，而那兩道旋轉門的設計，顯然就是為了防止外面的空氣流入金字塔。我知道埃及人為了更

好地保存木乃伊，早已有技術將金字塔內的空氣抽出，造成近乎**真空**的狀態。而那礦物很可能要在真空的環境下，才會發出**反透明光**。

我一邊安慰艾泊，一邊把我的分析告訴他，他的情緒漸漸穩定下來。

「你是說，只要把這礦物帶回到金字塔內，它就能發出反透明光，使我們 回復 原狀 ？」他問。

「對。我們不是已經看過它發出 七彩 的光芒嗎？相信我，那一定是 反透明光 。」

「我們就這樣去金字塔？」艾泊的骨骼攤了攤手說。

我笑了一笑（當然他不會看到我笑），便把那黃銅箱子再打開來，白色的 透明光 又一次籠罩着我們，直至我們的骨骼也變透明後，我才把箱子蓋上。

如今，我和艾泊都變成 隱形人 了。

「快脫掉衣服，我們回金字塔去。」說着，我已開始脫掉自己身上的衣服。

但艾泊呆着不動，「脫了又怎樣？我們也得帶着那箱子，別人會看見一個 飛 ■ 箱！」

「所以我們要趁 深夜 ☆) 行事。現在外面不會有什麼人，我們可以騎着駱駝前往古城，別人看到一隻駱駝揹着箱子走路，不會太驚訝，頂多想把駱駝搶去而已。萬一真遇上這種情況，我們便找機會一腳把賊子踢昏，假裝是 駱駝 踢他，然後繼續前行。」

艾泊開始認同我的計劃，附和説：「費沙族長他們一族很早 就寝 ，此刻古城內只有零星幾個守衛巡邏。我熟悉他們的規律，可以避過他們前往金字塔，萬一真的被他們發現，我們才公開自己的身分，向族長解釋事情始末。」

此時，艾泊比我還 心急 ，立刻提起黃銅箱子便出發了，可見他是多麼渴望能盡快回復原狀啊。

我們沿途十分順利，沒有被任何人發現，便來到了古城

裏的井口。我們拿着電筒**爬下井底**，

穿過秘道，到達了金字塔內的第一道

金色門前。

我們正想推門而入，門縫

卻隱約透出氣味，使我感到不

適。我立刻停下來，後退

了幾步。

「**是毒氣！我們忘了帶氧氣筒！**」我說。

「閉氣一會就好了，我們只是進去打開箱子，給反透明光照射一下而已。」艾泊着急地說：「來！快推門！」

「**不行！**我們不知道要照射多久才可回復原狀，而且我感覺到裏面的毒氣很強烈，我們不宜冒險，還是先回去拿氧氣筒吧。」

「我不想再裸着身子跑來跑去了**！**」艾泊有點**激動**。

「沒關係，我去拿，你在這裏等我。」我安慰着他，然後便趕快跑回去取氧氣筒。

我不厭其煩地又騎着 🐫**駱駝** 回營地，拿了兩副氧氣筒和面罩，便趕快回到秘道去。

我戴着一副，捧着一副，回到那道**金色**門前的時候，竟發現一副白骨卡在門口，伏屍地上，而那礦物卻掉了在門內，正發出耀目的 白色 光芒**！**

第二十章

永遠 的 謎

　　那副白骨自然就是艾泊，他並非化成了白骨，只是肌肉變了 **透明** 而已。

　　我綜合現場所見的狀況，便能推斷出發生了什麼事。

　　艾泊太自信了，他是 **退役軍人**，自恃可以輕易閉氣兩三分鐘，所以不等我帶來氧氣筒，便自行推門進去。可是門頗重，他又太急於復

原，因此在推門時不慎**跌倒**，箱子裏的礦物掉了在門內，而艾泊則趴在門口。

剛開始時，那礦物發出**反透明光**，艾泊的骨骼首先復原，變得可見。但這時候，艾泊卻因為受毒氣侵襲而死去。而隨着空氣漸漸補充進門內，礦石發出的光芒也變成了白色的透明光。至於艾泊沒有再變**隱形**，這表示透明光對死去的屍體不會產生作用。

我對艾泊的死感到非常**哀痛**。我帶着礦物推開第二道金色旋轉門，滑進了石室，礦物隨即發出**七彩**的反透明光，我的身體被照射了幾分鐘後，果然回復正常了。

我把艾泊那半透明的屍體放進石棺內，為他**默禱**，然後才離開。

身體復原的我，趁着天亮之前，裸奔回到營地去。那種在沙漠上裸奔的感覺，真是此生難忘。

回港後，我立即從離島接王彥和燕芬回到家裏，把一切事情的經過告訴他們。他們很興奮，認為只要訂造一個**真空倉**，他們帶着礦物進入真空倉裏，讓反透明光照射，便可復原了。

我馬上託一位朋友幫我安排真空倉，他是一間工廠的廠長，他們工廠裏有類似的儀器，只要稍作改裝便能符合我的要求，幾天時間便能完成。我讓王彥和燕芬在我家暫住等待，以免**節外生枝**。

晚上，我收到一個來歷不明的電話，對方開口就説：

「衛斯理，是我。」

我一聽到他的聲音，便震驚不已，因為我從羅蒙諾的手機通訊軟件聽過他的聲音，他就是勃拉克。

「勃拉克？有何貴幹？」

「羅蒙諾教授對我説過，他在埃及遇上你，還派人殺

你。可是，之後就再沒有他的消息了，你知道
他在哪裏嗎？」

我冷冷地説：「他在古廟裏被**毒蛇**咬死了。」

「真的？」勃拉克很震驚。

「信不信由你，如今古廟已
被水利工程**淹沒**。」

「那麼你在古廟裏找到現身的方法
嗎？」勃拉克緊張地問。

原來他是為了這個原因才來找
我，但現在挺好的，他再沒辦法
帶着武器**殺人**，所
以我不打算幫他復原，

我説：「對不起，沒找到。」

「是嗎？」勃拉克的語氣
顯得**萬念俱灰**，良久説
不出話來。

「喂？我要掛線了。」

我正想掛線的時候，勃拉克那邊突然傳來了一下**槍聲**，我愕然地叫道：「**勃拉克！勃拉克！**」

那邊卻已經沒有回音了。

我隨即致電傑克，説：「傑克，我是衛斯理。」

「什麼事？我很忙，仍在追查勃拉克的**下落**。」

「剛才我接到一個電話，你們追查一下**訊號來源**吧。」

傑克勃然大怒：「你又借我們的警力來幫你追債！」

「不，這次真的是勃拉克。」我説。

「**真的？**」

「嗯。而且他應該剛剛 **自殺** 了，你們追蹤電話訊號的來源，便能找到他。」我特別提醒傑克：「如果你們在他的藏身處搜到一個黃銅箱子，謹記不要打開它，裏面的礦物會發出透明光，使人變得透明。我建議你們想辦法把它完全毀掉。」

我説完便掛線了。至於他們最後如何處理勃拉克隱形的屍體和那礦物，我就不得而知了。

三天後，真空倉終於準備好，我開車帶着王彥和燕芬到我朋友的工廠去。我朋友看見用衣服包裹得像木乃伊一樣的王彥和燕芬，嚇了一大跳，悄悄在我耳邊問：「你這兩位朋友是不是患了什麼皮膚病？」

我順水推舟地説：「對，所以要借助你們的真空倉，用礦物 **輻射** 來進行另類療法。」

朋友帶我們來到一間實驗室，裏面有一個像蒸氣浴室那麼大的密閉裝置，相信就是真空倉了。

他向我們介紹真空倉的運作，非常簡單。兩人只要戴上氧氣面罩，走進真空倉裏，倉外的操作員按下「**真空**」按鈕，那麼真空倉內的空氣便會被抽走，變成真空狀態。兩人在倉內完成療程後，只要敲敲門示意，操作員便會按下另一個「**復原**」按鈕，讓空氣重新注入，然後便可以打開門出來了。

可是，朋友說操作員今天恰巧請了假，要明天才可操作。但王彥和燕芬卻非常着急，王彥對我說：「操作那麼簡單，衛斯理，你來吧。」

「**我？**」我有點反應不過來。

「對，氧氣筒和面罩都準備好了，箱子也帶來了，我們不想等到

明天。」燕芬附和道。

我來到控制台前，看見那兩個按鈕，確實非常簡單，連小孩也會操作。可是這一刻，我卻莫名其妙地感到**沉重**的壓力，不敢去操作。

「這種事還是讓專業的操作員來做吧，我們明天再來好了。」我堅持不肯操作，他們無奈只好跟我回家，等明天再去。

晚上，我**輾轉反側**，無法入眠，想到這次透明光事件已帶走了不少性命，因此感到一種無形的壓力。我重新思考整件事，一直到天明。當想到艾泊死時的情形時，我突然心頭一**震**，連忙去客房找王彥和燕芬，但他們沒有回應，而且我發現那放着礦物的黃銅箱子已經不在，他們很可能已自行出發去工廠了**！**

我立刻打電話給王彥，未等他開口，我已着急地說：

「王彥，我感到事情有**不妥**的地方，你們不要急於行事，先回來再説。」

「衛斯理，你別再婆婆媽媽了，你不是也成功從隱形狀態復原過來嗎？我們就是怕你畏首畏尾，所以才自行去工廠的。」王彥説。

「不，兩個情況有所不同——」

我還未説完，王彥已經不耐煩地**打斷**我：「別婆媽了，這是我們自己的決定，出了什麼事情我們會負責。」

王彥拋下這句話便關掉電話，他和燕芬的手機都打不通，而我朋友在工廠裏也是關掉手機的，我一時間聯絡不上他。

我連忙開車趕去工廠，**飛奔**闖入實驗室時，操作員告訴我，王彥和燕芬已在真空倉裏，可是一直沒有敲門示意完成，讓他有點擔心。

我叫他馬上注入空氣，打開倉門。

怎料倉門打開後，

卻看不見王彥和燕芬！

只見地上有他們的衣服和氧氣筒，而那黃銅箱子正打開着，裏面的礦物已化成了一堆**灰**。

我擔心的情況果然出現了！

我今天早上忽然想到，金字塔裏其實並非真空的，內裏至少有 **毒氣** 或 **細菌**，艾泊才因此斃命。所以我便懷疑，礦物並非在真空環境下發出反透明光，而是某種毒氣或細菌能刺激它發出那種光芒，而且，非常少量便能做到。當年的金字塔初建不久，毒氣或細菌的含量**不高**，所以那幾個索帕族人能被反透明光照射復原之餘，亦沒有中毒**斃命**。

至於那礦物在真空環境裏會有什麼反應，卻無人知曉。

從礦物化成了灰，加上王彥和燕芬消失，我有兩個猜想。

第一，那礦物在真空下不是發出強光，而是發出**強熱**，把他們兩人**蒸發**掉了，他們已經不在人世。

第二個可能是，礦物在真空下發出**超強烈**的透明光，使他們倆變成完全隱形。由於他們說過任何後果也會自己負責，所以當倉門打開時，便悄悄地溜走，再沒聯絡我了。或許他們的身心都太疲累，不想再與其他人接觸，只求與對方靜靜地相處過活吧。

到底真相如何，這是個永遠的**謎**，也是我多年來難以釋懷的一件事。（完）

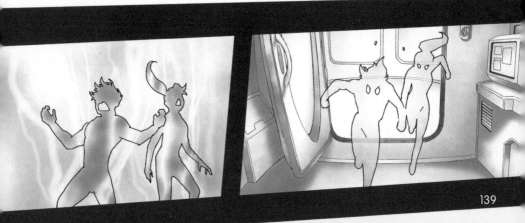

139

逞強

我連忙扶他回牀上，「這個時候你就別**逞強**了，好好休養。」

意思：指為了炫耀自己本領高強而做力有不逮的事。

按捺不住

但我這人最大的特點就是好奇心強，別人愈叫我不要看，我便愈**按捺不住**好奇心要看看。

意思：即是心裏急躁，忍耐不住。

如出一轍

那是一個牛頭人身像，看起來十分猙獰可怖，其線條和構圖風格，卻跟那黃銅箱子上的浮雕**如出一轍**。

意思：比喻兩件事情非常相似。

進帳

由於人手不足，我們推掉了許多生意，如果你加入的話，我們的**進帳**便可以翻倍了。

意思：即是收入的款項。

故弄玄虛

羅蒙諾很訝異，「你到底來找什麼？再**故弄玄虛**，就別怪我不客氣！」

意思：指故意玩弄花招來迷惑人。

事與願違

可惜**事與願違**，依格的屍體向他壓下去時，沒把他的手槍撞脫，不過他的電筒卻脫手跌在地上，熄滅了。

意思：指事情的發展與願望相反，沒有按照預想的方向發展。

分道揚鑣

之後，我和王俊便**分道揚鑣**，他返回工地繼續水利工程的工作，而我則回到開羅，聯絡了一位研究古代文字的專家——葛地那教授。

意思：比喻因志趣、目標不同而各走各的路。

不加思索

教授幾乎**不加思索**便斷言：「沒有。埃及古族雖然十分複雜，但我可以肯定，到目前為止也未曾發現過有索帕族——」

意思：多是貶義，用來指說話、做事不經過認真思考，輕率地說話或行動，有批評的意味。

鍥而不捨

「是什麼神秘謎團？我認識不少老者，他們都能講許許多多關於埃及的神秘故事。」舍特真是一個**鍥而不捨**的推銷員。

意思：比喻有恆心，有毅力。

以退為進

我心裏想，難道他發現剛才強行推銷不成功，所以來一招**以退為進**？

意思：表面上是退讓，使對方能從己方的退讓中得到心理滿足，放鬆戒備，對方也會因此滿足己方的某些要求，事實上，這些要求才是己方真正想要的。

拾荒者

盡頭處有一個像流浪漢般的老人，正伏在一張桌子上，數着一些玻璃瓶和罐頭，顯然是個**拾荒者**。

意思：從他人所棄置的物品當中，拾取仍可使用的物品自用或轉售，這些人就稱為「拾荒者」，他們多數是貧窮的弱勢社群。

肅然起敬

我立刻對他**肅然起敬**，跟他談好酬金後，他便説：「先讓我看看你已經準備好的東西。」

意思：形容感動後產生的恭敬欽佩的心情，和態度肅然恭敬的樣子。

當頭棒喝

艾泊對我**當頭棒喝**:「這將會是你人生最後悔的一件事情。」

意思:指令人醒悟的手段或給人嚴重警告。

平分秋色

所以,如今我們**平分秋色**,就是最好的結果。

意思:比喻雙方各得一半,不分高低,表示平局。

不厭其煩

我**不厭其煩**地又騎着駱駝回營地,拿了兩副氧氣筒和面罩,便趕快回到秘道去。

意思:不嫌煩瑣與麻煩,形容耐心。

輾轉反側

我**輾轉反側**,無法入眠,想到這次透明光事件已帶走了不少性命,因此感到一種無形的壓力。

意思:指翻來覆去,睡不着覺,形容心裏有所思念或心事重重。

衛斯理系列少年版 03

透明光 下

作　　　者：衛斯理（倪匡）

文 字 整 理：耿啟文

繪　　　畫：余遠鍠

出 版 經 理：林瑞芳

責 任 編 輯：蔡靜賢

封面及美術設計：BeHi The Scene

出　　　版：明窗出版社

發　　　行：明報出版社有限公司

　　　　　　香港柴灣嘉業街 18 號

　　　　　　明報工業中心 A 座 15 樓

電　　　話：2595 3215

傳　　　真：2898 2646

網　　　址：http://books.mingpao.com/

電 子 郵 箱：mpp@mingpao.com

版　　　次：二〇一九年一月初版

　　　　　　二〇一九年七月第二版

　　　　　　二〇二〇年十二月第三版

I S B N：978-988-8525-53-9

承　　　印：美雅印刷製本有限公司